Cosas que pasan

LOS PRIMERÍSIMOS

ISOL

Cosas que pasan

FONDO
DE CULTURA
ECONÓMICA

Primera edición,   1998
Segunda edición,   2010
   Séptima reimpresión, 2023

[Primera edición en libro electrónico, 2015]

Isol
    Cosas que pasan / Isol. — 2a. ed. — México : FCE,
2010
    [32] p. : ilus. ; 22 × 17 cm — (Colec. Los Primerísimos)
    ISBN 978-607-16-0258-9

    1. Literatura infantil I. Ser. II. t.

LC PZ7   Dewey 808.068 I677c

Distribución mundial

© 2010, Isol

D. R. © 2010, Fondo de Cultura Económica
Carretera Picacho Ajusco, 227; 14110 Ciudad de México
www.fondodeculturaeconomica.com
Comentarios: librosparaninos@fondodeculturaeconomica.com
Tel.: 55-5449-1871

Editora: Eliana Pasarán
Diseño gráfico: Miguel Venegas Geffroy

ISBN 978-607-16-0258-9 (rústico)
ISBN 978-607-16-3415-3 (electrónico-pdf)

Impreso en México · *Printed in Mexico*

Para Rafael

Si tuviera el pelo lacio,
sería más linda...

Pero no.

Si tuviera un caballo,

iría a la escuela al galope...

Pero no.

Quisiera cantar
como ese pájaro...

Ser fuerte
como ese árbol,

¡y más alta!,

y con ojos verdes...

¡pero NO!

Sin embargo,
ayer me pasó algo único.

¡Apareció un genio!, y dijo:

—¡Hola!, y ¡felicidades!

—¡Como eres la persona
que más deseos ha pedido este mes,
me han mandado a cumplirte uno!

Un deseo, pensé.

¿Uno?

¿Y si me olvido de pensar en algo?
¿Y si después me arrepiento y quiero
otra cosa? ¿Y si ahora justo me atonto
y no se me ocurre nada bueno?
¿Y si me doy cuenta más tarde
de que no pedí lo que más quería?

¡Ay, qué difícil!

¡Quiero

—¿Todo? —dijo el genio—.

No lo conozco. A ver...
tarea, trapecio, triciclo, tobogán,
¿topo?, no; trompo, tampoco...

—¿Y? —pregunté yo,
mientras me comía las uñas.

(uñas)

—Mira, niña —dijo por fin—,
ese deseo tuyo no está en el catálogo
y no puedo esperar más a que pienses
otro. Te doy lo que tengo a mano:
¡un conejo gris! ¡Adiós!

–¡¿Un conejo?!

Así que ahora tengo
un conejo gris bastante lindo.

Pero si fuera azul...

Cosas que pasan, de Isol,
se terminó de imprimir y encuadernar en febrero de 2023
en Impresora y Encuadernadora Progreso, S. A. de C. V. (IEPSA),
calzada San Lorenzo, 244; 09830 Ciudad de México.

El tiraje fue de 9 000 ejemplares, de los cuales 3 000
son para el Fondo Editorial de Nuevo León.